AF316865

ÉPITRE

A M. DE CHATEAUBRIAND,

PAR M. DE LA TRESNE.

Prix, 75 centimes.

A PARIS,

Chez L. A. PITOU, Libraire, Palais-Royal, galeries de bois, n°. 197.

1810.

ÉPITRE

A M. DE CHATEAUBRIAND.

Est-il donc vrai que l'homme le plus sage
De sa raison dédaignant l'apanage,
Châteaubriand, préfère au vrai bonheur
D'un grand renom le chimérique honneur?
L'Histoire en vain lui montre le génie
Luttant toujours contre la calomnie,
Et le talent par-tout persécuté,
Par ces revers il n'est point rebuté,
Et méprisant les leçons de l'Histoire
Et les malheurs attachés à la gloire,
Son fol orgueil convoite avidement
Quelques lauriers payés si chérement.
Quoi! l'infortune et les grands sacrifices
Pour un cœur noble ont-ils quelques délices,
Ou cède-t-on aux décrets souverains
Qui vers leur but poussent tous les humains?

Jeune , des mers tu bravas les orages (1) ,
Tu fus t'asseoir sous le toît des sauvages ,
Et tu trouvas dans ces lointains déserts
Les bois du Pinde et le dieu des beaux vers.
Tu prends la plume , et ta plume énergique
Peint d'Atala l'aventure tragique
Aux mêmes lieux où tu la fais mourir.
Sur d'autres bords je te vois accourir.
Ton œil découvre au milieu des nuages
Ces monts blanchis par la neige et les âges ,
Qu'un Barde inculte aux lugubres accents
Nous dit peuplés de manes gémissans.
Tu vois le Tybre et la ville éternelle ,
Dans ses vallons le Céphise t'appelle ,
Tu saluas ses nombreux oliviers ,
Les champs de Sparte, et les bois de lauriers
Dont l'Eurotas s'ombrage et se décore ;
Tu contemplas les cyprès du Bosphore,
Et d'Illion la cendre et les tombeaux ;
Avec respect tu bus les saintes eaux
De ce Jourdain fameux par des prodiges
Et d'un Dieu mort tu baisas les vestiges.

---

(1) Voyez les Adieux à la Muse dans le dernier livre des
Martyrs.

Memphis, Carthage, et tant de monumens,
Des tems passés superbes ornemens,
T'ont vu gémir sur leurs débris antiques ;
Grenade enfin t'offre ses tours gothiques,
Et leur aspect te rappelle à-la-fois
L'honneur, l'amour et les vaillans exploits.
Qui t'entraina sur tant de mers perfides ?
Qui te conduit vers ces plages arides ?
L'amour des Arts, qui doit dans tes Martyrs
Tracer un jour les plus grands souvenirs ;
Et quand tu veux pour toute récompense
Les seuls honneurs que le talent dispense,
Châteaubriand, puis-je blâmer en toi
Ce que toujours j'éprouvai malgré moi ?
D'un grand renom l'âme jadis charmée,
Je soupirais après la renommée
Qu'offre Apollon aux favoris des Arts.
Tantôt sur l'homme attachant mes regards,
Je crus pouvoir entrer dans la carrière
Qu'a parmi nous tant illustré Molière,
Et non sans gloire y figurer encor;
Tantôt, ami, prenant un autre essor,
Et dans ma course osant suivre Delille,
En nobles vers j'ai fait parler Virgile.

Tous mes écrits, ouvrages ébauchés,
Dans mon pupitre obscurément cachés,
Contre le tems et contre l'onde noire,
Ne sauront point protéger ma mémoire.
Adieu laurier que donnent les beaux vers !
Déjà mon front compte cinquante hivers
Et dans l'exil j'ai passé dix années.
Il me faut donc finir mes destinées
Sans obtenir quelque célébrité.
Toi, jeune encore et déjà tant cité,
Toi, dont souvent les poisons de l'envie
Ont essayé de corrompre la vie,
Console-toi, bien sûr que l'avenir
Doit de tes chants garder le souvenir.
Oui, c'est en vain qu'un Jury littéraire,
Du dieu des Arts se disant mandataire,
Livre à l'oubli ton nom si glorieux,
Ton nom, crois-moi, n'en brillera que mieux.
Si tu veux voir l'injustice punie,
Tu n'as besoin que de ton seul génie ;
Poursuis ta course et que d'autres travaux
Soient signalés par des succès nouveaux.
Dans ce beau livre où vit Cymodocée
Si j'ai bien lu ta dernière pensée,

Si j'ai compris ces adieux si touchans
Que fait ta muse aux poétiques chants,
A tes aveux enfin si je dois croire,
Tu vas ouvrir les pages de l'Histoire.
Abandonnant les douces fictions,
Le luth d'Homère et les illusions,
Suis les conseils d'un ami qui t'invite,
Et te guidant sur les pas de Tacite,
Ose saisir son vigoureux pinceau.
De nos aïeux découvre le berceau.
Des premiers rois trace la politique,
Ou vacillante, ou nulle ou tyrannique.
Tu montreras ces peuples conquérans,
Qui dans l'Europe accourus par torrens,
Sur tous les arts exerçaient leur ravage,
Et tu rendras un légitime hommage
Aux nobles soins de la Religion
Qui préserva de la destruction
Les beaux écrits de la Grèce et de Rome.

A nos regards présente ce Grand Homme,
Législateur, politique et guerrier,
Qui sut unir dans un siècle grossier
L'amour des arts et des lois salutaires
Au vif éclat des succès militaires.

Dis les ressorts de ce Gouvernement
Dont il posa le hardi fondement,
Et la splendeur de cet empire immense
Dont son génie avait doté la France,
Et qui privé de son puissant appui
Cessa bientôt d'exister après lui.
    Mais quelle ardeur et pieuse et guerrière
Du Christ par-tout arbore la bannière ?
Peins-nous ces tems d'héroïques exploits,
Où nos aïeux fiers d'une simple croix,
Nobles vengeurs de la tombe divine,
Couraient en foule aux champs de Palestine.
Raconte-nous les longs déchiremens,
L'effervescence et les grands changemens
Que produisit dans l'Europe étonnée
D'un moine obscur la doctrine erronée.
Vante ce prince intrépide et loyal,
De Charle-Quint, trop généreux rival,
Et ses bienfaits et sa cour si polie
Qu'embellissaient tous les arts d'Italie,
Et plains ce roi jeune et mal conseillé,
Du sang français au nom de Dieu souillé.
Mais quel démon répandant dans nos villes
Le souffle impur des discordes civiles

Veut éloigner le meilleur de nos rois?
Du grand Henri rappelle les exploits,
Et la clémence et la mort déplorable.
Dis ce ministre au cœur inexorable,
Qui fit fléchir sous son autorité
L'orgueil des grands jusqu'alors indompté,
Et cette guerre en pamphlets si prodigue,
Qui ramenant les troubles de la Ligue,
Nous divisa sous un monarque enfant.
Décris enfin ce règne triomphant
Qui vit éclore au milieu des conquêtes
Les arts, les lois, et le luxe et les fêtes,
Et les beaux vers et tant de bâtimens
De ce grand siècle éternels monumens.
Faut-il qu'après des jours si pleins de gloire
Viennent des jours de sinistre mémoire!
Des derniers tems tu peindras les malheurs,
Les grands exploits et les grandes erreurs.
   Retrace-nous ce siècle philosophe
Qui prépara la grande catastrophe.
Montre à nos yeux les esprits exaltés
Que dévorait la soif des nouveautés,
Tous les états voulant changer de place,
Des mécontens la téméraire audace,

Des gens de bien les stériles efforts,
L'égarèment de ces illustres corps
Qu'un faux honneur entraîna dans l'abîme,
L'autorité faible et pusillanime,
Et ces écrits honteux et criminels
Qui menaçant le trône et les autels
Sur les débris de notre monarchie
Placent enfin la sanglante anarchie.
Dis et nos rois du trône renversés,
Et Dieu sans temple et les prêtres chassés,
Tous les cachots regorgeant de victimes,
Les grands talens punis comme des crimes,
La mort par-tout et jusqu'à nos tyrans
Sur l'échafaud tour-à-tour expirans.
Retrace-nous nos guerres intestines,
L'Etat sapé jusques dans ses racines,
Nos propres chefs ardens à nous trahir,
Les étrangers prêts à nous envahir,
Et cette France au bord du précipice
Sauvée enfin par la main protectrice
Qui comprima toutes les factions
Et nous remit au rang des nations.
A tes talens que de sources ouvertes !
Tu nous diras ces grandes découvertes

Orgueil de l'homme, et dont les résultats
Agirent tant sur le sort des Etats.

Décris cet art aux brillans caractères
De la pensée actifs dépositaires,
Qui remplaçant par un rare bienfait
Des manuscrits le travail imparfait,
A des beaux-arts hâté la renaissance,
Sait du génie étendre la puissance,
Fait parvenir au bout de l'univers
La belle prose ainsi que les beaux vers,
Et qui, vainqueur des hommes et des âges,
A nos neveux transmettra tes ouvrages.
Mais en traçant de si beaux attributs,
Dis-nous aussi ses funestes abus.

Quel est ce bruit qui rival du tonnerre
A tout-à-coup changé l'art de la guerre?
Peins les effets du salpêtre inhumain,
Qui s'enflammant dans des tubes d'airain
Des assiégés renverse les murailles,
Qui de la terre entr'ouvrant les entrailles
Vient engloutir d'innombrables guerriers,
Fait dans les airs sauter des rocs entiers,
Et qui toujours annonçant nos conquêtes,
Ajoute encore à l'éclat de nos fêtes.

Pourquoi ce foudre , en traversant les mers ,
Nous suivit-il dans un autre univers ?
Dis-nous comment une aiguille aimantée ,
Telle qu'on peint la baguette enchantée ,
Dans des climats inconnus jusqu'alors ,
Nous fit trouver les plus rares trésors ?
Mais fallait-il ensanglanter ces plaines !
Ne pouvions-nous dans ces plages lontaines
Enlever l'or , les plantes et les fruits
Et d'un sol neuf tant de riches produits ,
Sans y porter et nos besoins factices
Et notre luxe et nos mœurs et nos vices ?

  Que d'arts nouveaux et que d'inventions
Dignes aussi de tes réflexions ,
Pourront encore embellir ton ouvrage !
Ah ! si dans toi , comme tout le présage ,
La France trouve un grand historien ,
A notre gloire il ne manquera rien.

  Qu'un autre trace en style méthodique
De tous nos rois l'ordre chronologique ;
Que chaque règne à son tour présenté
De faits oiseux soit toujours escorté ;
Que longuement sans cesse on nous détaille
Le moindre siège et la moindre bataille

Sans se permettre une réflexion ;
Ce n'est point là la froide fonction
Où ton talent t'appelle et te destine.
Chercher des lois le but et l'origine ,
Du souverain discuter les pouvoirs
Et des sujets les droits et les devoirs ,
Décrire avec une noble franchise
Les longs débats du trône et de l'église ,
De siècle en siècle offrir à nos regards
L'esprit public et le progrès des arts,
Peindre avec soin nos mœurs et nos coutumes,
Nos préjugés et même nos costumes ,
Tracer enfin le contraste imposant
Des tems passés et du siècle présent,
Et sans égard pour les lecteurs futiles
Laisser jaillir des vérités utiles,
Blâmer souvent et quelquefois louer ,
Voilà, voilà, puisqu'il faut l'avouer,
Les longs travaux auxquels tu te condamnes.
Et moi, voisin de paisibles cabanes
Et dans les champs pour toujours confiné ,
Je bénirai l'époque où je suis né ,
Si je te vois à cette noble tâche ,
Châteaubriand , te livrer sans relâche

(12)

Dans l'ermitage où tu fais ton séjour (1),
Et si je puis avant mon dernier jour,
Heureux témoin de ta nouvelle gloire,
Plus d'une fois lire ta belle histoire.

____

(1) Le Val de Loup, près de Sceaux.

F I N.

DE L'IMPRIMERIE DE J. L. SCHERFF,
Rue des Bons-Enfans, n°. 30.